易碎品
小心轻放

图书在版编目（CIP）数据

如果你有一只小恐龙 / （英）贾森•科克罗夫特著绘 ；
曲江培豪译. — 西安 ： 世界图书出版西安有限公司，
2019.1（2022.7重印）
ISBN 978-7-5192-5297-7

Ⅰ. ①如… Ⅱ. ①贾… ②曲… Ⅲ. ①儿童故事—图
画故事—英国—现代 Ⅳ. ①I561.85

中国版本图书馆CIP数据核字（2018）第262833号

如果你有一只小恐龙

著　者	[英]贾森•科克罗夫特	网　址	http://www.wpcxa.com
绘　者	[英]贾森•科克罗夫特	邮　箱	xast@wpcxa.com
译　者	曲江培豪	经　销	新华书店
策　划	赵亚强	印　刷	唐山楠萍印务有限公司
责任编辑	王继甫　李　钰	开　本	787mmx1092mm　1/12
特邀编辑	陈虹君	印　张	2⅔
装帧设计	杨　蕾	字　数	30千字
出版发行	世界图书出版西安有限公司	版　次	2019年1月第1版
地　址	西安市锦业路1号都市之门C座	印　次	2022年7月第3次印刷
邮　编	710065	版权登记	25-2018-144
电　话	029-87214941　029-87233647（市场营销部）	国际书号	ISBN 978-7-5192-5297-7
	029-87234767（总编室）	定　价	42.00元

易碎品
小心轻放

如果你有一只小恐龙

[英] 贾森·科克罗夫特 / 著绘　　曲江培豪 / 译

世界图书出版公司
西安　北京　上海　广州

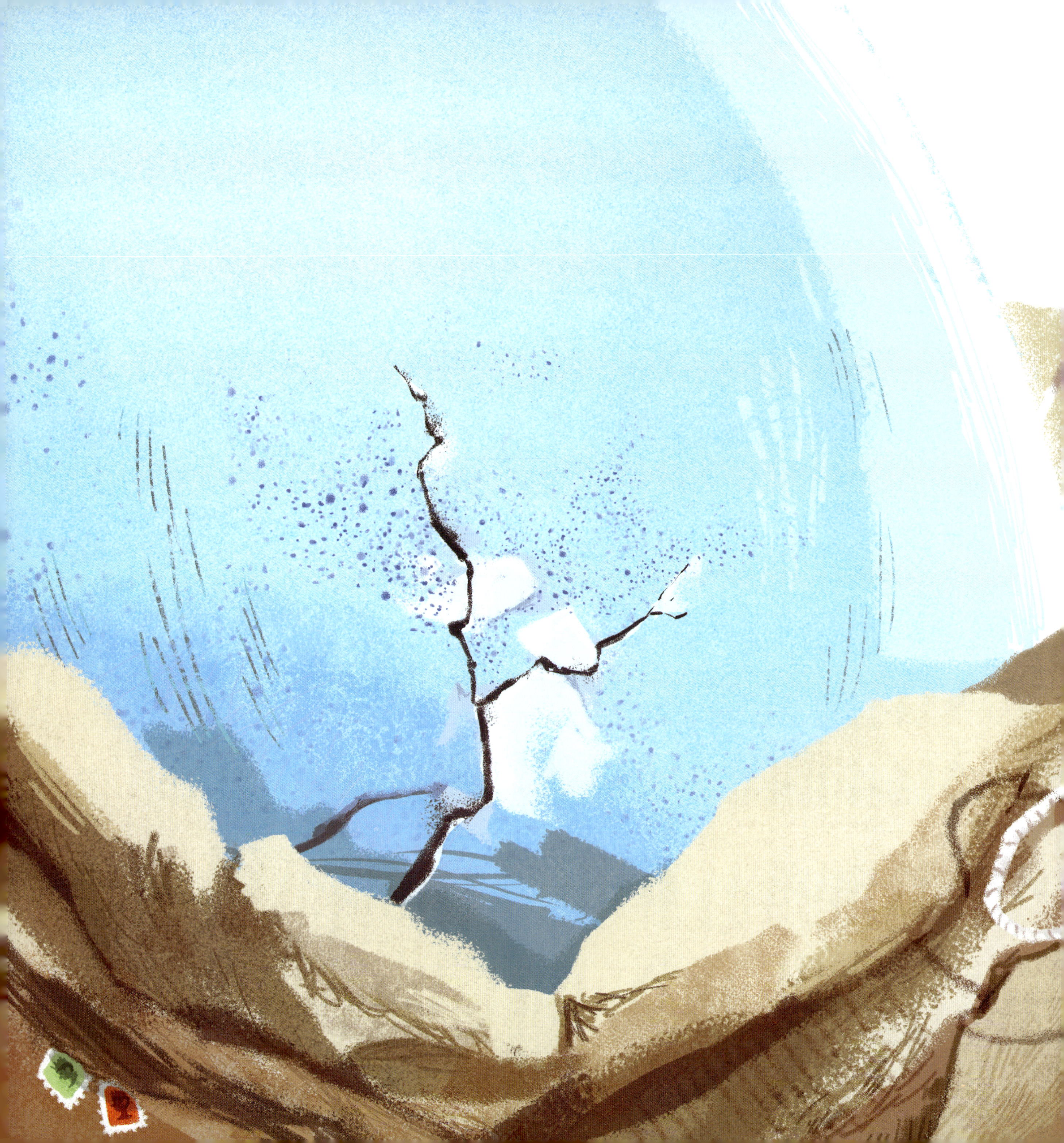

收到**新宠物**了，开心吧？

当你第一次见到他时，

你会发现他非常**害羞**，

他说不定会藏在壳里不好意思出来。

不过你也用不着担心……

……因为，他最后还是会从壳里**钻出来**的！

想让你的恐龙把这里当成家吗?

首先得让他**吃好**。

快为他准备一份**营养早餐**吧!

这能为他的健康成长**提供能量**。

如果你觉得恐龙长得有点儿慢,

那就换个新食谱吧!

很快，他就会找到自己爱吃的东西。

吃完早饭后，你的恐龙估计在家待不住了，

不如带他去公园里**散散步**吧。

可是过不了多久，恐龙就要便便，

所以你最好**随身**带上桶和铁锹。

有时候，只带一个桶和一把铁锹……

……好像不太够用。

大多数恐龙都不会游泳，

你的恐龙可能也**怕水**。

所以你最好不要带他去海岸、湖畔、

河边这些地方。

不过，他可能比你想象的要勇敢。

他趁你不注意时，一下就跳进喷泉里游了起来。

喷泉可不是游泳的地方，快点出来！

恐龙希望有人**陪伴**，

所以你要鼓励他多交些新朋友。

恐龙似乎还不太会和朋友相处，

所以你要告诉他……

……友谊就是**分享**。

一定要记得**按时**给你的恐龙吃饭。

他要是饿肚子了，会不开心的。

恐龙吃饱喝足后，就懒懒地躺在草地上，一动也不想动。

这时，你也许不得不陪着他一起歇着。

在公园里玩了一天后，
你的恐龙累坏了。

所以赶紧带着他**回家**吧。

千万不要忘了，恐龙要**按时睡觉**才能健康成长。

让恐龙吃完夜宵之后**洗个澡**吧，

这个主意不错。

洗澡水不要太热了，

沐浴露也不要用得太多。

当恐龙洗完澡后，

你就可以和他一起分享**睡前故事**了。

别讲那些会让他兴奋的书，

不然，他就有可能睡不着觉，

你也就只好陪着他在房间里一直玩。

讲故事的时间也**不要太长**，

因为你的目的是要让他平静下来，尽快入睡。

记住哦，

如果你好好照顾你的恐龙，

他将会成为你……

……最好的朋友。

恐龙热卖中！